KB119081

꽃무릇

지는 꽃도 피는 꽃처럼 사랑하는가

나남
nanam

나남시선 88

꽃무릇
지는 꽃도 피는 꽃처럼 사랑하는가

2017년 12월 15일 발행
2017년 12월 15일   1쇄

지은이_ 張眞基
발행자_ 趙相浩
발행처_ (주) 나남
주소_ 10881 경기도 파주시 회동길 193
전화_ (031) 955-4601 (代)
FAX_ (031) 955-4555
등록_ 제 1-71호 (1979.5.12)
홈페이지_ http://www.nanam.net
전자우편_ post@nanam.net

ISBN 978-89-300-1088-7
ISBN 978-89-300-1069-5 (세트)
책값은 뒤표지에 있습니다.

이 책은 전라남도문화관광재단의
창작지원금(2017)을 받아 발간되었습니다.

꽃무릇

지는 꽃도 피는 꽃처럼 사랑하는가

장진기 시집

나남
nanam

시인의 말

꽃무릇은 내 발자국이다.
내 삶의 걸음은 꽃빛으로 질펀하다.
꽃무릇이 눈에 잡혀 시를 쓰기 시작했을 때는
젊음으로 반짝였으나
마음은 눈물로 가득하였다.
좋은 날들을 기쁘게만 살지 못했다.
아무에게도 내 운명에 대한 얘기를 하지 않았다.
그러나 나는 긴 서술을 하고 있었고
뼈마디 같은 언어를 맞춰 시를 꿰었다.
백 편의 꽃무릇 시를 쓰게 되었다.
인생의 반을 시와 동행하다 보니
시를 떠날 수 없게 되었다.
꽃무릇 시를 묶어 보내며 슬픔의 짐을 내려놓는다.
외로움은 걷히고 내 정원엔 빛이 들었다.

2017년 12월
장 진 기

나남시선 88

꽃무릇

지는 꽃도
피는 꽃처럼
사랑하는가

차 례

지는 꽃도 피는 꽃처럼 사랑하는가

1

꽃무릇 1

꽃에게 묻는다
지는 것을 알고 피는지
이맘때 너를 볼 수 있다는 기대로
몇 번을 다녀갔었던 것이
허망하다
꽃대만 남고
마르고 비틀어진 꽃잎들이
형형했던 붉은 빛을 잃었다
목마르게 말라가는 꽃무릇을 보면서
지는 꽃도 피는 꽃처럼
사랑하는가
나에게 묻는다

꽃무릇 2

해 떨어진다
받아라
저 노을
탯줄 물고 우는
바닷새
긴 목에 걸려 있는
꽃무릇
금줄 친 수평선
가느다란 실에 매어 단
꽃이파리

꽃무릇 3

시 한 편 팔아서 각시를 사려고,
각시를 데려올 가마를 사려고 시를 쓰고
각시에게 끼워 줄 가락지 사려고 또 시를 쓰고
시를 쓰려고 불을 켜고
촛불에 눈빛이 타들어 가고
파장罷場이 되도록 팔지 못한 시들이 타고
각시를 얻지 못한 밤이 타고
시인이 타고
그 밤 새우고
촛불처럼 꽃대 올라오고
각시 같은 여인들이 지나가고
자꾸 돌아보면서
지나가고
꽃무릇은 등불처럼 밝고

꽃무릇 4

서둘러지는 것은
가을이 가기 때문이라지
마실 가는 엄니보다 먼저 나서서
마당에 서성이는 아이처럼
가을이 버리고 갈까봐서지
바보 같은 놈
눈발이 비쳐야 가을이 가는 건데
잎도 피기 전에
져버린다지
내동 있겠다던 약속을 잊고서
가을이 갈까봐
지레 져버린다지

꽃무릇 5

모르느냐
그리움도 빨리 잊으라 쉬 지는 것을
꼭 일러 알아듣느냐
서러울 때 몽창 붉었다가
꽃술 벗어던진 꽃잎
그리워하는 것도
가슴을 찢어야 하는 것을,
열흘 피었다 지는
꽃무릇만 알아야 하느냐

꽃무릇 6

나무 뒤에
숨어 피어도
꽃이다
웅성이며 핀 꽃만
그리움이 찼겠느냐
홀로 피어도
별리가 물씬하다
외로이 핀 꽃
잎이 그립다

꽃무릇 7

지금 가면
꽃무릇 볼 수 없겠지
벌써 져도 한참은 되었겠지
붉음에 취해 내려앉던 호랑나비 날아갔겠지
푸름만 남은 하늘에
그리움 옮겨 심고 와야겠지
그래도 한 번은
꽃 진 길
다녀와야겠지

꽃무릇 8

이제 놓으마
가거라 낙조야
품 안에 살던 바닷새야
나는 흔들리는 듯하나 무심하고
너는 흔들리지 않으나 울고 있다
배 위에 집어등 밝지만
포구는 잠이 들고
물에 뜬 꽃무릇 그림자
밤새 흔들린다

꽃무릇 9

기다리는 것이
얼마나 힘든 일인가

상사화 저리 붉게 핀 중에
몇 해 전 묻었던
내 기다림 움텄는가

설혹 늦었더라면
꽃 필 때 따라 필 것이지,

올 불갑산 꽃무릇 유난히 붉어
그중 내 꽃도 피었다고 보련다

내 꽃을 보려니,

눈 안에 꺾어 넣는다
일곱 갈래 찢어진 꽃무릇

눈물이 붉다

꽃무릇 10

내가 이렇게 아픈데
꽃아 너는 얼마나 힘드냐

햇무리 거둬내는 칠산 바다 중선배
그물코에서 떨어뜨리는 수묵빛아

코를 막고 되게 풀어버리는 노을 해안
발길을 놓아버린다

눈물방울이 바다에 떨어져 튕긴다
꽃무릇 낭창낭창 핀 서해 뱃길

민어 떼 울음 지나간다

꽃무릇 11

바다에 잔고기처럼 비가 튄다
배 저어라
바람에 사립簑笠 날려도 낚시를 드리운다
낚싯줄에 감겨 올라오는
물방울들
바다에 입수하는 그물망
수평선 파랑이던 물결 보이지 않는다
바닷길 꽃무릇
비 맞는다

꽃무릇 12

거침없던 글 줄기들이 시들었다
발정기의 목마름 탓이다
슬프게 봉긋한 젖무덤에 머리를 묻고
은유가 똬리치고 있다
결국 내 글들을 송두리 잡아먹고 만
뙤약볕 그늘 속
상사화 꽃무덤
뱀처럼 허물을 벗고
노래의 욕정들 하늘거린다

꽃무릇 13

꽃무릇이 산을 옮기고 있다
꽃술 손가락들이 안개구름을 쥐고 있다
바람이 길을 낸다
걸어서 가는 산
꽃바다를 빠져나올 수 없다
나는 꽃무릇에 들려 산을 따라간다
텅 빈 절집
보살이 꽃밥을 지어 놓고
공양供養을 기다린다

꽃무릇 14

울 엄니가 보다가 남겨뒀던 구월 꽃무릇이
감쪽같이 왔다 가는군
나는 기억 한 장을 뜯어서 태워버렸구만
넋 나간 불길은 염부에도 없는 사연을
아궁이 불빛 속에 하롱하롱 날리더니
그날 이후로 설움은 꺾이지 않더구면
내 외로움은 삼만 리
여기까지 살아온 까닭을 따지진 않으려네
내가 외길로 살아온 것은 아마 전생도 이리 계절만
타다 왔음이라,
어차피 계절은 순환하여 가을이 내 앞에 서 있고
갯가에 발을 담가 씻고 있자니
살가운 물살이 가을 흥에 취해 떠내려가는군
들꽃을 따서 씹는 심사가 허허로운데
내가 사는 것을 꽃무릇이 보고 즐기는 것 같더군
울 엄니가 산자락에 피어 웃고 있더군

꽃무릇 15

꽃무릇 꽃빛이
얼레에 감기었어라
그 빛을 풀어
아기씨 혼수에 원앙 수繡를 놓아주었어라
장롱 안 펴보지도 않은 금침에서
원앙이 울었다던가
기별은 이따금 오더니만
가지런한 세월이
그새 산빛으로 쌓이었어라

꽃무릇 16

꽃잎에 묻은 이슬 털고
꽃대에 묻은 햇살 털고
꽃에 꽃을 단 꽃
단정히 피었었지
올가을 꽃무릇
꽃 지고 나니
벌써 푸른 잎 올라온다
저놈의 얄미운 사랑은
계절이 따로 없다
올겨울 상사초
폭설을 몇 번 구워
눈물을 빚어낼까
꽃 없어도 지지 않는 사랑
얼마나 쌓일까

꽃무릇 17

드라마틱한 일 없이
계절이 종영을 하였다
관객은 떠나고
산사가 쓸쓸하다
가을이 절정에 들지 않았는데
불갑사 세심정에 비치던 꽃무릇
내 생각 바가지에 담겼다
법고와 일광당一光堂 사이
겨울 볕 들었다

꽃무릇 18

귀밑털 하얗고
낯바닥 푸석거리지만
꽃아
내년에 필 때도
붉게 단장하고 만나자

꽃무릇 19

그해에,
새들이 꽃무릇 물고 울었지
기다리는 이는 기별 없고
석양이 뉘엿뉘엿 진 뒤
밤손님처럼 따라 든 눈발이 버짐처럼 피었지
낮에 울지 않던 솟대 새들이 일제히 울었지
그 소리가 입담 좋은 공옥진 음담 같았고
때론 간간이 봉창 틈으로 들어오는 서편제 째진 가락
같았지
울고 싶었어
대살 토방에 앉은뱅이 도리상 차려놓고
탁주를 따르는디
취기는 오르지 않고 붉기만 하데, 저 달 속
나무 새들 날아갔는지
동리 밖까지 휑허드라고
가을 한 구녁이 터져서 금세 추워질 터인데
날지 못하는 나무 새를 내가 깎고 있더랑게
오, 고쟁이에 감추는 시여,
고란내 나는 삶이여

꽃무릇 20

멋대로 피리라
전생에 부모 공양 지극하고
형제 우애 돈독해도
지금만은 못하리라
깜박하면 실수를 하니,
그냥 순응하고 살리라고
맘먹는 것이다
그랬더니
지천에 널려 있던 꽃무릇은 온데간데없고
쥐똥풀 노루오줌풀 같은 것만 보이더라
온 세상 지리더라
허물없어 좋더라
나도 내 멋대로 피고 싶던 것이다
천한 들꽃 되고 싶던 것이다

상
처
가

핀
다

2

꽃무릇 21
— 소개 마을

불갑산 바위틈
들려오는 목탁 소리

꽃무릇 진 개울 떠다니는
바람 소리

뜨거라 홀랑 태운
재 너머 소개 마을

그날 밤 조심스레 점등하는
석유 등불

꽃무릇 22
— 질 때

한때는 나비처럼
노닐어도 보았니라
이 꽃이 좋다가도
저 꽃에 빠졌니라
꽃무릇 시새움에
똑같이 폈더니만
이저리 노닐지 않아도
분간치 못하게 폈더니만
질 때는 말없이
고개만 숙이더라

꽃무릇 23
― 간밤에

꽃 몇 개
그늘에 눕혀졌다

꽃무릇 질 때까지 일어나지 못하더니
간밤에 고라니가 주워먹었는지

토악질한 햇살만 질펀하다

늦구경 온 발길에 밟혀
어디까지 가을빛이 찍혀졌다

꽃무릇 24
— 암각화

놓자
반역과 함께한
해방 뒤의
암각화

친일과 반공의 불립문자不立文字를 밟고
꽃무릇 십일홍이
폈다 지는
피 울음,

망각을 지워버릴 수 있다면
이별도 사랑이다

겨레의 암벽 밑에
꽃대의
혁명 일어선다

꽃무릇 25
— 각혈

폐병의 각혈은
꽃무릇
피 묻은 육신의
거죽을 닦고
울음의
내장을 꺼내 씻는다

꽃무릇 26
— 단청

태영이가 멱 감다 빠져 죽은 방죽
꽃무릇 비친다
여름 복날 개를 잡았지만
산에서 내려오는 물 받아
맑아져서
방죽은 늘 반짝반짝 빛났다
물방개 물질하고
소금쟁이 그림을 그리며 물을 차고 다녔다
그 여름 우리는 몰려다녔다
아래 장터에는
술도 팔고 노래도 파는 집창촌이 있었다
방죽에 아기가 죽은 개구리처럼 둥둥 떠 있다는 소문
뒤엔
아가씨들이 무서웠다
지금은 매립되어 주공 아파트가 들어섰다
아파트 화단에 꽃무릇 올라왔다
지나다닐 때마다
넋 나간 듯 고무신 질질 끌고 내려오던 색시가 떠올랐다
머리에 꽃무릇 꽂혀 있었다

오금 손으로 떠먹어도 탈이 없는 맑은 산물로
씻어놓은 핏덩이 아이
소름 끼쳐 봤냐고 서로 되물으며
다음날은 멱 감으러 갔었다
태영이 빠져 죽던 날도
두어 밤 자고는 개헤엄치고 놀았다
태영이 꽃 올라왔다
그 기억 단청丹靑
꽃무릇 붉은 물 들어 지워지지 않았다

꽃무릇 27
— 나만 울었다

이 가을
아름답지 않았다
부끄러우니
물가에 핀 꽃만 봐야겠다
물빛에 떠도는
내 얼굴
꽃무릇 뒤에 잠겼다
나만 울었다
눈가에 꽃물 묻었다

꽃무릇 28
— 무중력 사랑

그대는 달이 진 곳에
떠 있는 것이려니
구월이 가면 꽃 지려나
중력이 미치지 않는 연가
애당초 산길로만 오르다 마는
사랑꽃
그대는 달보다도 높이 뜬 여인
어찌어찌 봉홧불 펴서 신호를 보내건만
애간장 타 연기는 없고
붉디붉은 꽃만 부르르 타버리는
꽃무릇

꽃무릇 29
— 섬진강에도 피었다

너는 내 앞에서 노래를 부르지만
나는 네 노래를 들으며 울고 있다
밀재를 넘다 구름을 잡으려고
밤비에 일어선 꽃무릇 꽃대 밟고 왔는데
득음한 새소리
강물에 떨어져 섬진강 노을 졌다
노래가 넘쳐서
휘모리로 가뒀다가 삼채로 풀었다가
오방진을 감았다 풀었다
태안사 골바람 하동으로 내려가는 동안
나는 슬픔 안고 기뻐서 우는데
차마 치어다보지 못하고
소리가 처마에 오르다 떨어진다
낙숫물 떨어지는 텃 자리
피다 만 사랑
꺾지 못한 소리 듣는다
꽃무릇 시 노래

꽃무릇 30
— 춘백

팔십여 편 훔치고
이십여 편은 두고두고 쓰렸더니
함정에 빠져버렸다
꽃무릇 머리채 잡고 나오려는데
한 움큼 빠지는 꽃술
꽃잎이 뭉그러지고
꽃대궁이 부러져도 놓아주지 않는다
이승에서 저승까지
너랑 같이 살거나
동백꽃 떨어지던 자리
해불암 계곡에 질펀히 앉아
나머지 글 적는다
꽃물 들여
꽃무릇 지아비 암자 터 잡을까
어쩐댜, 나는 동백이 좋드만
져도 붉은 춘백春栢이 좋드만
꽃무릇 못 들은 척 나를 안고
자빨쳐 뒹군다
날은 저무는데 어쩌란 말인가

이 밤도 붙들려 정을 섞는다
꽃무릇을 원고에 적는다

꽃무릇 31
— 깊은 잠

이 오래된 슬픔은
녹이 슬어 밤 속에 꺼져버리고
태초보다 더 깊이 팬 웅덩이에 융기한 노래
댓돌의 귀뚜라미 소리는
고무신짝에 감돌다 넘치고
부적을 적듯 거침없이 그리는 주문,
가을은 잠 속에 깊이 빠져들어
간밤에 치솟는 꽃대궁
나는 열흘을 분출하여 피었다 져버리는
꽃무릇 바다에 뛰어들어
돌고래처럼 잠의 바다에 잠수한다

꽃무릇 32
— 반쪽 사랑

아무리 그리워도 그리움
반만 너의 것이야

다른 한쪽이 네 앞에 있어도 너는 몰라
그 그리움 전부인 줄 아는 거야

두견이 울어도
그 울음 너의 것 아니야

듣는 내 것이 반쪽이야
때론 나도 피 토하며 우는 새야

꽃무릇 붉어도
너만 다 붉은 것이 아니야

그 붉음 보고 있는 나도
꽃이야
붉은 꽃이야

아무리 슬퍼도 그 슬픔
반만 내 슬픔이야

다른 한쪽은 나 모르게 피거든
붉게 붉게 피거든

꽃무릇 33
— 하혈

꽃은 한 해에 한 번 피고 마는데
여인은 열두 번을 핀다
꽃대궁 치켜들고 터져버리는 꽃무릇
첫 아이 낳고 생긴 선종腺腫
아니 그 이전에 생긴 병으로
멋모르게 아픈 것을 사랑하여 받아낸 씨를
겨우겨우 살렸다는데
어쩌면 꽃빛도 잃고
여자도 잃는 수술을 한다고 와달란다
무슨 까닭으로 낳아준 것도 부끄러운 바람을 부르느냐
불갑산 꽃무릇 갯고랑 붉은 꽃물결 하혈下血하며
한 해 한 번 피는데
폐경도 머지않은 여인은
열두 번을 지치게 피고
또 빈혈이다
드러내지 못하는 꽃빛이 어지럽다

꽃무릇 34
— 핀다

어쩌면
나만 다치는 일인데
쓴다

죽도록 미운 이 앞에서
핀다

쓰는 것
피는 것은
아픈 것만 같다

피는 것
쓰는 것도
다친다

상처가 핀다

꽃무릇 35
— 곰소

곰소에 비가 내리고
조기 떼에 쫓겨 올라온 잡어와 새우들을 채집하여 삭힌 젓갈 통에
빗 장단이 울린다
바닷속으로 벼락이 꽂힌다
번개에 맞아 죽고 싶다
채 장단 소리인가
바다 물결 살랑거리며 오금 발을 놀리는 장구놀음이 보인다
오늘은 활을 내고 오지만
어제는 시를 쓰고
여기가 곰소다
무슨 영화 스크린처럼 탈장 수술하여 신이 난 동생이 꾀벗고 뛰어가고
한때는 장구재비하고 싶어 연풍대筵風擡 돌며 연습할 때
염병하게 날렵한 처자들의 궁둥짝도 날아다닌다
영무장 농악은 오는 것인가
만석 오채 명인들처럼 칠 수 없지 않는가

아편을 맞고 소주 한 대접 들이켜야 굿을 놀았다는
오채 스승 만석이 칠산바다를 놀린다
　노루발같이 빠른 발로 삼채 춤을 췄다는 법성포 오채가
뛰어다닌다
　마당에는 교촌리 생개 탈을 깎으려고 자빨쳐 놓은
　교촌리 집채만 한 오동나무가 썩고 있다
　여기 곰소에서 해변을 따라 동호 구시포를 거쳐
　무장 해리 법성을 지나 영광에 간다
　영무장이라 하는 것은 본시 영광 무장인데,
　내 명인들의 맥을 이어드리지 못하고 지독히 서러운
글을 쓴다
　그 시가 꽃무릇 시려니
　하여 차창의 빗물
　흘러내리지 않고 묻어 있는
　점점이 푸른 변산 앞바다 빗방울
　나보다 먼저 울어버리는
　서해 바다

꽃무릇 36
— 아기새

울먹이는 새소리
산을 넘지 못하고 멈췄다
구름아
쏟아져라

새가 소나기 빗줄기 잡고
하늘로 오른다
으르르꽝 우르르르

천둥소리
갈가리 찢어지는 새소리
불갑산에 널렸다

꽃무릇
덤불 속
아기새 숨었다

꽃무릇 37
— 눈보라

아비가 누군지 모르지만
어미는 아는 괭이갈매기 산란처럼
한꺼번에 까 놓은 새끼들
이름표를 달아주지 않았어도
물어온 먹이를 지 새끼에게 토해준다

갈미새 새끼 울음같이 한꺼번에 깨어난
불갑산 꽃무릇이 운다
목을 길게 내밀고 어미의 그리움을 기다린다
그리움은 찾아와도 더 그리워
그리움이 고프다고
꽃잎은 갈라져 하늘거리다 목이 꺾인다

그해가 그랬다
어미가 아이를 낳아 기르고
아비는 새끼의 이름도 모르고 살았다
어미가 물어다 준 먹이만 먹고
어미가 가르쳐 준 몸짓으로 갈매기가 섬을 떠났다

꽃무릇이 어미가 먹여주는 그리움만 먹고
아비의 이별과 만남은 먹어보지 않았다
잎과 꽃이 그리워하다
서로 엇갈려 피었다
그 아비는 눈길을 걷는다
겨울바람에 덮여도 푸르기만 한 상사초 바윗길
눈보라처럼 간다

꽃무릇 38
— 시 굿

오랫동안 쉬어서 시가 오지 않을 줄 알았다.
오다 말다 하지를 않고
날마다 찾아와서 미칠 것만 같았다
원고를 접자마자 다른 시가 왔다
신이 들린 것이다
징 소리가 들리고 옴박지에 바가지를 엎어놓고
소쿠리 점쟁이가 밤새 굿을 했다
우리가 동란 이후 낳았으니까
원귀들이 없지 않았을 것이고
아버지는 윗집 구석방 책상을 얻어다 공부방을 꾸며
주셨는데
내가 시름시름 아팠다
점괘가 나왔다
책상에 원귀가 붙었다고
마당에 내놓았다가 내다 버렸다
그 책상 주인이 좌익이었던지
시인이었던지
아니면 이루어질 수 없는 사연을 책상에 묻어놓았던지
오십 년쯤 뒤 내가 원귀가 되었다

울다가 쓰고
찢어버리면 다시 시가 와서 운다
꽃무릇 필 때가 가까워지니
내가 밤잠을 설치고 시굿을 한다
설혹 사랑했으나 만나지 못했던 것이 걸리거든
불갑 꽃무릇 보러 오시오
빨치도 좋고 민중도 좋고 청춘도 좋고
사랑은 더 좋으나
그리워하다 목 놓아 부르던 사람 보고프거든
꽃무릇 보러 오시오
내가 시를 토한다
꽃을 오려 붙인다
시를 쓰고 버리면
또 시가 기다리는 굿을 한다

꽃무릇 39
— 피는 줄 모르고 핀다

슬플 때 슬픈 노래를 부르는 줄 알겠지만
기쁠 때 슬픈 노래를 부르지

행복할 때 꽃 피는 줄 알겠지만
울음이 복받칠 때 꽃은 피지

꽃무릇 그리울 때 피는 줄 알겠지만
체념할 때 꽃이 피지

만나도 그만
만나지 못해도 그만
오지 않아도 그만
와도 그만

슬픈 노래는 아름답거든
아름답거든

슬플 때 노래를 부르면
기뻐지거든
행복하거든

꽃무릇 40
— 어든이

알아서 당해줬다
멍 자위에
꽃무릇 피었다
많이 맞고 아픈 척하지 않아야
밥이라도 얻어먹었다
적들은 심심하면
내가 밥이다
배는 곯아도
밥 퍼주니 즐거웠다
동생도 언놈의 밥이다
코 고는 인중에
밥풀 묻었다
향기도 없는 꽃무릇
붉기는 더 붉다
알고 보니
동생과 내가 꽃무릇이다

꽃무릇 41

— 폭염

얼마나 붉으려고 불볕더위냐
널 떠나지 않았어도 멀었으니
설산에 피었다가
사막에 피었다가
낙타 등에 묻혀서
독수리 깃에 실려서
내게로 오느냐
긴 세월 부르지 못한 아이야
열대야 폭폭 찌는 폭염에
나 어릴 때처럼 잘 달리느냐
지지 않고 굳세느냐
너는 잎으로 피느냐
꽃으로 피느냐
꽃이 피면 잎이 지고
잎이 피면 꽃이 지느냐
꽃무릇에게 묻지 않으련다
가을 오기 전에
먼저 앞질러 불갑산 가련다

널 외돌아
내가 무질러 피련다

꽃무릇 42
― 불쑥 돋았구나

불쑥 돋았구나
못 본 척하렸다만
온통 붉어 버렸구나

지척에도 멀리도
눈길을 막는구나

서 있자니 꽃무릇들
나만 보고 있구나

나는 가다 말고
산 밑에 앉아서는
너를 올려다보는구나

꽃무릇 43
— 끝물

피기 전에 왔다가
지고 나서 다시 왔네요
그늘 근처에 남아 있는 끝물 꽃들
우리가 간 뒤엔 지겠지요
꽃만큼 많은 사람이 왔다 갔다지요
눈길 인연 맺지 못한 꽃무릇 남아 있어서
다행히 꽃을 보았네요
한두 송이도 아니고
무더기 끝물 꽃무릇 안아주고 가네요

꽃무릇 44

— 눈맞춤

꽃을 보러 오셨다
꽃도 모르게 다녀가셨다
다음에 올 때는
기별을 하신다고 전하라 하셨다
그날을 기다려 펴주라고 하였는데
꽃하고 얘기는,
나는 통하지 않으니
지는 꽃눈에 맞춰 웃기만 했다
꽃무릇 무슨 말인가 하려다 말고
지들끼리 수런거렸다

꽃무릇 필 때 묻어 울거라

3

분단分斷 꽃무릇

눈 위에
쓰러진 상사초
지난가을 불타던 갈증에
받아먹는 한 주먹 겨울 햇살

얼음에 식히며
뜬눈으로 식히며
바람에 날리는
거적 같은 별밤을 덮는다

분단 같은 밤
꽃대 올려 붉은 꽃 피우지 말자
폭설로 가려도 번지는
꽃물은 싫다
핏빛은 싫다

푸른 결기로 발목 묶는
인동의 댕깃잎 상사초 이파리
얼음 속에 땡땡 박아 넣는

마늘쪽
민심

목탁 꽃무릇

불갑산 바위틈서
들려오는 바람 소리
꽃 진 자리 떠다니는
구슬픈 목탁 소리
뜨거라 홀랑 태운
석유 꽃불 재 너머
꽃무릇 길

공달 꽃무릇

꽃무릇 진자리
들짐승 밟고 다니고

늦태풍 올라온 뒤
꽃 흔적 사라졌다

무심타 잎도 꽃도
볼 수 없는 공달 든 해
시월

고랑 꽃무릇

꽃과 잎 먼 거리에
강물도 지지 않았다만

비 오니 꽃들 사이
고랑이 나는구나

꽃무릇 꽃대 꺾여
다리를 놓는데

그대는 건너가고
나는 넘어오는구나

빗길 꽃무릇

꽃무릇
빗길에
울고 가는
스님

월식月蝕 꽃무릇

그대와 내가 달과 해와 같이
한 하늘에 엇갈리어 천 년을 기다려도 이별인 것은
아니 되오, 아니 되오
때로는 사무침에 낮달도 뜨거니와
해가 달을 뚫어지게 바라보면
달의 그리움 애가 녹아 그믐이 되듯
그리하여 지구 뒤에 숨어 깜깜해지듯
숨 막히는 그 순간이 잠시이어라
꽃무릇 며칠을 허벌나게 붉은 것은
꽃과 잎이 은근히 만나고 있음이니
불갑산 동백나무 아래 올라온 그대는
하루라도 더 머물다 가면 안 되오
아니 되오, 아니 되오
한낮의 낮달같이
한밤중의 월식같이
내가 그대에게
먹먹하니 눈멀게 하려느니

수도암 꽃무릇

험한 말 듣거들랑 구수재 타거라
궂은 일 당하거든 수도암 오르거라
어설피 슬프거든 참아 뒀다가
꽃무릇 필 때 묻어 울거라

동생 꽃무릇

동생은 아침부터 감 따자고 서두른다
지난해 이웃집 감 도둑을 경계한다
꽃무릇처럼 이맘때를 엿고* 있다

---

* 엿다: '엿보다'의 옛말.

시새움 꽃무릇

한때는 나비처럼 노닐어도 보았니라
이 꽃이 좋다가도 저 꽃에 빠졌니라
꽃무릇 시새움에 똑같이 폈더니만
이저리 둘러보아도 분간치 못하게 폈더니만

애린愛隣 꽃무릇

밟힌 꽃 몇 개를 그늘에 두었다가
심사가 안쓰러워 애린 맘 시로 쓰니
햇살에 녹아 버린 꽃빛이 사는구나

소경 꽃무릇

소경이 아니거늘 보지를 못하겠냐
지금이 고운데 그때는 어쨌겠냐
하물며 꽃무릇도 너를 견줘 더 붉구나

무성욕 꽃무릇

꽃무릇 마음 밭에 옮기고 보노라니
법정이 무소유를 배낭 메고 오르는데
무색타 무성욕을 공양받고 내려오는 스님

소원 꽃무릇

소원은 있으나 말하지 않으련다
내 몸이 지더라도 꽃무릇 필 터이니
아비를 묻지 말고서 꽃 필 때 다녀가거라

폐경 꽃무릇

폐경의 여인이 다녀갔다
가슴으로 품어 주지 못했다
나도 고목처럼 말라 있다
그 계곡,
꽃무릇이 촉촉하게 핀다

꽃무릇 바다

하늘의 무게를 지지리도 알기에
수만 개 여린 꽃대 떠받들며 일어선다
밀어낸 촉수들의 생채기로
붉게 터지는 꽃바다

개똥벌레가 달 안에 떴다

4

상사 꽃무릇

그대 나를 찾아오면
꽃은 잎을 애달파 하고
잎은 꽃을 그리워해도 서로 만나지 못하는
상사화 얘기를 들려주리오
그러면 그대
사랑은 함께하지 않아도 영원한 것을 알게 되리니
이별을 아는 이는
진실한 사랑을 하였던 것이려니
그대와 내가
잎이 없는 꽃이 되고
꽃이 없는 잎이 된다 하여도
외로워하지 않으리

눈길 꽃무릇

불갑산 참식나무
빗살 쳐 내리는 산 볕
그때 걸었던 논둑길 상사화 핏빛 설움 남아
눈 내리는 불갑사 입구 해탈교에
붉은 꽃물 묻어나는구나
내 삶의 흔적들을
눈길 위에 여미듯 묻어놓고 가면
내 인연의 고단함 각인될 것인가
언젠가는 때 되어
다시 상사화 돋아날 길
한 꽃대 이루어 핀 착심을
참식나무에 걸쳐놓고 돌아온다

암자 터 꽃무릇

상사화를 보러 갔는데
꽃대가 싸그리 목이 꺾여 져버렸어
어이가 없어서
산 밑 암자 터 삭은 팻말 짚고
찬 석축에 망연히 앉아 있다 돌아온
이후,
시 한 편 못 쓰고
가을을 넘겼어
그렇게 몹쓸 가을을 보내기는
처음이었어

밀재 꽃무릇

밀재에
선홍으로 가로눕는 상사화
피고름 짜내듯 아픈
아내와 자식을 등 돌리고
관절이 허물어지는 아픔도 참아내고
죽어도 몇 번을 죽었을 빨치산 패잔병 같은 별들의
이름을
손톱에 피멍울 지도록 파놓은
꽃두덩
그대 사랑 같은 거
한낱 겉치레여요
핏줄 선 팔뚝 같은 분노 씻겨갈 날 오면
그대에게 화관 꽃대 꺾어 바치고
나는 푸르디푸른 잎만을 걸치려니
불갑산 연실봉 자락
탯줄처럼 길고 슬픈 밀재에 쑥국새 울어
상사화 꽃물결
핏빛 노을로 흘러가고

외딴 꽃무릇

내가 사람에 불과한데
꽃처럼 아름답고 싶었을까

내가 우주에 소외되어
지구 외딴곳에서 꽃을 만났다

상사화처럼 잎이 없음에
육신의 사랑을 잊고
눈빛과 느낌의 사랑을 하였다

꽃무릇이 꽃에 불과한데
내 우주가 상사화에 빠져버렸다

꽃무릇과 내가 마주 앉아 있다
내가 꽃의 잎이 되었다
꽃무릇이 나의 사랑이 되었다

숫대 꽃무릇

너의 사랑이
붉은 꽃송이로
산을 덮는 그리움이라면

나의 사랑은
나뭇가지에 올라
먼 길가를 바라보는 기다림이다

꽃과 잎이 만나지 못하는 숙명으로
가을 드는 이맘때
상사화는 산의 눈시울을 적신다

우리의 지난날들을 울게 한 것들이여

나는 떠나간 것들을 기다리며
꽃대 물고 서 있다

물빛 꽃무릇

사랑은 원래 색이 없다
무색이든지 백지 같은 하얀 색이다

사랑을 주고받을 땐
사랑밖에 없는 것이므로
들여다보면 훤하게 보이는 물빛이다
서로가 마음을 숨기지 않고 투명하게 내보이는 것이다

상사화가 붉다 못해
미칠 듯 타오르는 것은 사랑이 없기 때문이다

잎과 꽃이 만나지 못해 슬픈 것이 아니라
잎이 있을 때는 피지 않다가
잎이 지면 피는 오기 같은 것이다

산이 통째로 붉어지는 것은
잎이 나오기 전에 앞다퉈 핀 생채기 때문이다

거울 꽃무릇

그대여 우리는 만나지 못하고
먼 사랑만 키우다 죽는다

우리의 상사화는
내 꽃 안에 그대의 미소가 있고

그대 꽃에 내 우수가 있는
거울 같은 꽃이다

그대가 나를 바라보면
그대의 모습이 보이고

내가 그대를 보면
내 모습이 투영되는 꽃이다

오거리 꽃무릇

차마 볼 수가 없어서
발끝만 보고 걷습니다
불갑 저수지와 산물이 닿는 곳에
가을바람 감고 도는 물레방아
모악리 오거리에 할매가 담배를 파는 점방
평상에 놓인 막걸리상
담벼락에 붙어 수파리를 업고 다니는 암파리
풀무치나 땅개비들 사랑
저런 힘겹게 뜨거운 가을사랑은
붉은 물이 들다 만 감나무 단풍 안에서 접혔다 펴며
보는 사람 눈에는 보입니다
그 길을 쭉 따라
상사화가 일어나 있는데
잎과 꽃이 만나지 못해서 그리 부른다는
어찌 보면 쑥스럽고 창피할 듯도 한 이름을 하였습니다
상사화 핀 길은 스님들이나 털렁털렁 걸어야 하고
이른 새벽 법고 소리에 격이 어울린다고 고집스러운
생각을 합니다
이념이 무엇인지 모르면서

밤손님이 되어 불갑산에 피를 삭힌 혼이라고
사육신의 절개 시가 꽃이 된 것이고
의리 있는 초적과 화적들의 칼빛이고
낫과 괭이를 든 민초들의 함성이라고 믿습니다
어떻게 생각하든지 사랑이라는 것은
참으로 처절한 것이라
평생을 엇갈리는 사랑을 하는 사람들이나
가을 들녘 풍성한 결실을 하는 곡식이나
가을 서리 내릴 때까지 죽도록 사랑만 하는 벌레들이나
원 없이 뜨거운 것입니다
불갑산 상사화 붉게 피는 까닭입니다

반달 꽃무릇

해 진 뒤
상사화를 보러 갔다가
등산객들 내려온 산길을 오른다
행사장 공연 음악에 실려
개똥벌레처럼 골짜기를 탔다
내 꽁무니 개똥 불빛에
상사화 꽃불을 붙인다
어느새 개똥벌레가 달 안에 떴다
반쪽 창 열고
축제를 내려다본다

피꽃 꽃무릇

토벌대 대장의 아내 손목을 끌고
소총 탄알이 박힌 자리마다 피꽃이 피는 불갑산을 피해
백수 갓봉 막다른 벼랑에 밀리다
끝내 손을 놓지 않고 죽어간 빨치의 얘기를 들었다
그 여자는 산사람의 첫사랑이었다
이념보다도 더 붉은 상사화가
소총을 걸어놓았던 소나무 옹이 밑에 피었다
등산객들은 무심히 지나가는데
한참 동안 꽃 곁에 앉아 있었다
남편의 총구를 바라보던 별빛이
아내의 눈 안에 떨어졌다
그 피 흔적 퍼져 핀 꽃,
불갑산 상사화

가을 전시 꽃무릇

　가뭄 탓이겠지만 가을이 깊어진 뒤에야 단풍이 들었다
　농촌의 풍경이 소갈증을 타고 있었다
　우리는 기우제를 지내듯 혼신의 정념으로 예술제를
올렸다
　황토 먼지바람이 노을 길 따라 넘어가는 것을 보았다
　우리의 시선은 산자락에 눕혀진 채 겨울로 내닫는 계절
의 문턱에서 뒹굴었다
　맨발로 뛰쳐나갔다
　그리고 척박한 이 땅의 가뭄 들녘에 촉촉이 젖는 마지막
가을비를 기원하는 몸짓을 하였다
　흙먼지 풀풀 날리며 춤을 추었다
　땀 찬 저고리 내젓는 산과 들녘,
　다 채우지 못한 색깔과
　구도와 선과 그 안에 살아 숨 쉬는 사람과 사람,
　민중의 숨소리를 물감에 풀어서 그렸다
　불갑사 상사화 꽃을 짜서 붉은색을 만들어 냈다
　백수 해안도로 치자 노을빛으로 황금색을 발라냈다
　그리하여 낱알 껍질과 반쪽만 물들다 청록을 안고
떨어지는 낙엽들에게 붓을 맡겼다

원 없이 저어보라고 하였다
우리는 그림들을 액자에 담아 대못을 쳤다
민중의 가슴에도 대못을 쳐서 내걸었다
먼지 이는 들녘의 기억을 닫고
하얗게 내리는 눈을 축복처럼 받으며
이 땅에 사는 사람들의 밥상에 올려놓았다
뱃속 밑자리까지 어는 소찬에
가을 혼들이 얼얼해졌다

빛바랜 꽃무릇

물빛이 바래면 탁해지나요
그러다 시간이 지나면 채색이 되나요
물이 든 사랑,
여러 해 헹궈서 널어놓으면
진홍이 되나요
산 밑 붉고
선방의 댓돌 밑 붉어지는
꽃이 되나요
꽃은 피었으나
잎이 없는 꽃대가
새벽 목어의 물빛 탁음濁音을 두르는 까닭이 있었네요
나는 어디로 가야 하나요
내 사랑은 없는 건가요
동백 뒤틀린 불갑산 골짜기
뽀짝 낯을 내밀고
상사화로 피어 있어 볼래요
어느 눈길 나비가 되어
암자를 오르나요

비껴 핀 꽃무릇

백 년을 살면서 피어보지 못할 바에야
십 일간 진땀 나게 붉어 보는 것도 좋은 일이다
새 한 마리 이리 지껄이다
개울물에 물고 있던 열매를 떨어뜨렸는데
아뿔싸, 물에 비친 산이 출렁이고
꽃이 구겨진다
산 밖에서는
하늘에 걸친 나무가 기울어지고
땅이 울리게 삼백예순 날 피어보거라
피를 토하며 번개를 내리쳤는데
비는 들을 훔치고 지나간다
바람만 두어 번 불고 간다
놀라서 밖에 뛰쳐나온 꽃대들 조금 흔들리고 만다
그래서 진홍은 상사화가 물고 있다
올해 가고 남는 백일은
착하게 정성을 모아 놓고
뒤돌아 예쁘게 울고 가는 이의 길가에 피리라
새가 고요한 개울에
글자를 쓴다

상사화 그림자 뒤에 숨어 우는
비껴 쓴 흘림체 새소리 들린다

박관현 꽃무릇

뜻이 있거든
하늘을 받들라
꽃대는 명리名利를 버렸는데
잎은 피지 않았다
피로서 치켜드는 꽃불
광주의 오월이 들쳐지는 불갑산
민중의 함성이 들린다
상투머리에 피를 흘리는
상사화
흰 고무신 신고
당당히 서 있는
열사의 가을 하늘

풍물 꽃무릇

저놈의 소리가 지나가면
황토 먼지가 일더라니
귓전에 어미 떨어지고 울어대는
송아치 소리여
무덥다 서늘해진 가실 초입
쇠가락은 내 안을 웬일로 파고드는 것인가
올 한 해도 묵은 밭갈이하는 틈에
남도 하늘 맞닿는 들녘 끝에서 장구 소리는 무던히
들리더만,
꽹과리 가락 우둑우둑 떨어지는 밭고랑을 갈아 뒤집
어도
절절한 풍물이여
쥐었던 꽃망울 손바닥처럼 편 꽃무릇이
상모를 돌리고
잘강잘강 끊어지는 가락
오방진五方陳 도는 꽃빛
불갑산에 번져 가네

열불 꽃무릇

지독히 사랑하는 여자와
매일 이부자리 척척하게 젖도록 사랑을 하며
딱 한 번만 그렇게 살고 싶은데
빌어먹을 상사화야
꽃이 피면
잎이 지고
잎이 피면
꽃이 지며 비애 가심만 치냐
빌어먹을
꽃무릇 신세

희귀종 꽃무릇

저만치 피어있지 말고
가까이 와서 피어보소야
사랑이라는 것은 좋은 것인디
보듬는 것이 사랑이라고들 알고 있응게
내 아는 사랑은 멸종 위기,
희귀종이 되어 부렀당게
꽃이여, 자네는 나 모르는 것이 있는가
상사화 열흘만 피고 가면
어질러진 상심은
삼백 날을 피는디
밤은 기니
연이나 나눠보세나

밤길 꽃무릇

무거운 짐 내려놓고
꽃길에 쉰다
꽃보다 힘졌으랴
피로써 올려놓는 꽃잎
이맘때 피는 사연
밤길 멈춰서 듣는다

노란 꽃무릇

별리가 빨간 이별만 있으랴
분홍 이별도 있고
노란 이별도 있다
만남의 길
온라인에도 있고
초상화 사진에도 생경하게 있다
몸으로 부대껴야 사랑이랴
잎과 꽃이 따로 피어야 이별이랴
오늘의 별리는 붉지 않아 좋다
노랗게 핀 상사화,
더 그립고 뜨겁다
첫눈 들국처럼 지조롭다

유배 꽃무릇

내가 유배를 사는 것을 근간에 알았다
나의 유폐는 천형天刑의 것으로
보이지 않는 사령이 따르고,
형극과 늪을 누비고 사는 것이다
어쩌다 사랑이라도 생기면
연적이 나타나든지
또 다른 사랑이 호려서 둘 다 꺼져버리곤 하는 것이다
엄니를 잃을 때도 그랬다
날 죽자고 따르는 처자가 있어
그래 그대를 품고 가겠다고 약속을 하였는데
갑자기 엄니가 병으로 돌아가셨다
그 처자 오라비들이 말려 다른 사람 만나 떠났는데
그 이듬해 세상을 떠났다는 소식을 들었다
제발 스스로 목숨을 끊지 않았어야 하는데,
여태까지 그 의문을 품고 살았다
내가 혼자 늙어 가는 것이 전생이든 현생이든
나를 지극히 사랑하는 무엇이 있기 때문이다
하여 나는 나를 가둬놓고
탱자 울의 초옥草屋에 갇혀 사는 것을 한탄하지 않는다

화가 오면 화를 치고
병이 오면 병을 치고
몹시 외롭거나 사무치면 시를 썼다
그런데 이게 웬일인가
세월이 넘어가고
짱짱하던 어깨가 내려앉는 것 아닌가
이만큼 버틴 것도 다행이다 싶긴 한데
그래 내 사랑은 그해 잃었던
엄니 버선과 여인네의 꽃신인 것이다
그 사랑을 지키지 못해
이렇게 평생을 유배 살고 있다
오늘 비를 맞고 밤길을 한참 걷고 왔더니
몹시 그립다
내 사랑이 보고프다
나를 가둬놓는 전생의 인연들이
그립다

꽃무릇
비릿하니
붉다

5

구수재 꽃무릇

상사화 꽃구름 넘실거리는
연실봉 자락
소복 입고 달로 떴다
상여 길 구수재
흰 고무신 같은 하현이
밤길을 내려온다

너럭바위 꽃무릇

아침나절 총소리
불갑산 동백 귀퉁이 뚫고 날아간다
반백 년 전
귀 잘린 동백이 너덜너덜 피었다 진 자리
꽃대 밀고 올라온다
그 골짝 너럭바위 상사화
해마다 운다

지나간 꽃무릇

상사화 보러
피기 전 미리 왔다
꽃 지고 또 왔다
그 사이
수십만 명 다녀갔다
그중에 한두 명
꽃보고 내 생각했겠다

전일암 꽃무릇

전일암에 취승이 거처했는디요
그해 겨울 길 막혀 술만 품고 지냈다는디요
부뚜막에 불알을 굽다 졸았던지
암자를 홀딱 태워먹고 줄행랑쳤다는디요
뛰어간 발자국마다
술에 단 훈김에 풀도 나지 않았다는디요
이듬해 소주병에 상사화 피었다는디요
취승이 밟았던 자리도
꽃이 폈다는디요
그 스님 멀리 가지 않고
불갑사 요사채에 눌러앉아
터줏대감 노릇 하고 있더만요

해불암 꽃무릇

명성황후 시해한 일경을 때려죽이고
상해로 가기 전
김구 선생이 도피한 곳이 해불암이지라
암자가 사천왕 아랫도리같이 굵직한
연실봉 아래에 터를 잡아선지
스님들이 장사셨지라
예전 스님은 쌀 한 가마 지고 뛰어댕기셨지라
스님께서 말벌 침에 입적하시고
뒤에 오신 스님 설 아무개라는 법사님이었지라
종일 아무 말 없으신 노파께서
스님 상전 모시듯 하셨지라
진지 올리실 때만 입을 여시는데
궁금하여 물었더니 속세 모친께서 공양하고 계신다고
하시더라고라
해불암 스님 풍채 있으시나
일이라고는 숭늉 대접 드는 것만 하시는 것 같은데
입심이 장사셨지라
백양사 주지스님도 들었다 놨다 하시는 성깔,
불갑사 스님들이야 그림자도 피하셨지라

스님보다도 종일 묵언默言하시던
스님의 어머니가 부처 같았지라
그 보살 어느 날부터 보이지 않으셔서
해불암이 휑하였는디
되레 스님이 묵언 수행修行하고 계셨지라
암자를 돌아갈 때
아궁이 속보다 검은 뒤꼍 그늘에
상사화 피었드마니라

시주 꽃무릇

내가 시주하러 다니듯
목탁만 두드리면 시가 나오는 사람인 것을 이제 아셨소
연시를 왜 쓰냐고 그것도 시냐고 하시는데
저는 그것이 한 편이어요
상사화 불갑산 다 뒤집어 일일이 뜯어본답디까
너부러진 수만 송이가 상사화지요
나는 걸승 시인이지요
격을 높여 부르면 시주승이지라
보리쌀도 좋고 쌀도 좋은 떠돌이 탁발승托鉢僧이지라
목탁만 치면 시가 한 됫박씩 들어오지라

열반 꽃무릇

스님 도포자락 채알 쳤네
술상도 같고
예불 뒤 공양상 같은 도량에 가을 그늘 드네
상좌를 부르는 소리
깨진 목탁 소리 같네
맑은 독경 불길에 떠가네
상사화 꽃대 일어서네
백만 송이 모여서
부용화芙蓉花 한 꽃대 세우네
만장이 너풀거리네

불원不願 꽃무릇

꼭 만나리라 하여
불원천리不遠千里 달려갔지만
놀라서 그러셨는지
화가 나서 그러셨는지
불갑산 전일암 아래
바위째 굴러 깎여진 계곡 같은 양미간
낙엽 썩어 두엄 된 흙빛 그늘 무섭다
그 흙에 뿌리내린 꽃은
무척 붉어
좁혀진 눈빛은 산간 암자의 등촉이다
갈퀴 같은 손이라도 잡아드리고
볼에 숨은 미소라도 거둬서 간직하려 했으나
차마 보니 더 못 미더워
뒤돌아보지 않고 그냥 왔다
멀찍이서 바라보다
인연 넋 감긴 칡덩굴 잘라내었다
늦은 심야 고속버스 안
주마등走馬燈에 걸린 상사화 불빛

마침표 찍고 서 있는
전신주 하나 울고 있다

초경 꽃무릇

소낙비 떨어진다
상사화 꽃잎 속 가랑이
달거리 멈추고
붉다
비릿하니 붉다

덫고개 꽃무릇

조선 팔도 이남에
마지막 잡힌 호랑이
덫에 걸려 몸부림치다
민화 병풍 속으로 숨었다네
왜놈 포수 쇠알을 잘도 피해 다녔는데
불갑산에서 덜커덕 덫에 걸려
백호의 전설을 묻었다네
지어미 호랑이
대마 태청산 깃재 건너 고창 방장산
태백 준령 따라
함길도 백두 연해주로 가버렸다네
그 뒤 남쪽에는
무등산에도 지리산에도 가야산에도
호랑이가 보이지 않았다네
민화 속 이별 호랑이
덫고개 상사화 꽃밭에 뒹구네
구월 병풍 뒤에서 꼬리 흔들며
헤실헤실 웃고 있네

촌뜨기 꽃무릇

한꺼번에 몸종들 일어선다
나는 안다
천 개의 얼굴 안에
내가 알던 한 개
국모國母는 아니지만
국모 곁 무수리 아니지만
천 일을 보고팠으나
보지 못했던
촌뜨기 꽃무릇
나는 보고 있다
무지렁이를 나라님으로 알고
그리움으로 섬겼던
내 사랑,
멀리 있다

파발 꽃무릇

방금
누가 지나갔지
오라에 묶여가던
한 무더기 눈빛
역사歷史에 갇혔다
민중을 받아쓴다
고부에서 선운사까지
선운사에서
불갑사까지
함평 용천사까지
쫓겨오는
꽃무릇 동학군
파발擺撥
쇠납 소리

침묵 꽃무릇

내가 너무 나가버렸다
부끄러워서 다시 들어간다
평화,
사랑,
인권,
화해
시인은 어디까지만 말해야 하는가
소리 지르지 않아야,
나대지 말아야
덜 창피한 거다
금세 피었다
얼른 숨어버린
꽃무릇아
문 열어라
나도 숨는다

어금니 꽃무릇

어금니 허물어진
석회질 바위
침 물결 넘치네
어디서 떠밀려 왔나
플라스틱 조각 같은
김치 줄기
꽃무릇 고춧가루
한 점

순례길 꽃무릇

자다 말고 깨서
시를 쓴다
지난여름 목포 신항에 찍어놓은
내 발자국 지워졌겠다
찾지 못한 유골 뼛조각
아이를 부르는 부모들 눈물에
씻겨갔겠다
옥니 물고 뿌리로 기어서
순례길 도는
꽃무릇
오금 재리는 동생도
따라갔었지
세월호 가는 길
발자국 찍었던 유영주 시인은 잘 들어갔는지
내가 가장 오래 곁에 둔 시인,
순례길 포개어 덮고
또 자야지
신항에는 갈 일 없겠다
꿈에나 다녀온다

군불 꽃무릇

나 같은 놈 시는 봐서 무엇하나
아랫목 군불 때며 밤마다 찾는
꽃무릇들아
사랑이 지천에 널렸어도
한 가지 꺾지 못했다
그대도 애타다가
욕만 퍼붓고 갈 것 아닌가

독방 꽃무릇

꽃에게 갇혔다
꽃의 형기는
상사화가 꽃과 잎이 만나게 될 때,
그러니 출소하기를 체념한 지 오래다
꽃무릇에게 수인번호를 받고
꽃무릇의 판결을 기다리며
꽃무릇 독방에 든다
꽃의 교도소 밖에는 아무도 없지만
구름과 바람과
무던한 짐승과 새밖에 없지만
혹시 기다리는 사람 있을까
은근히 기대한다

해우소 길 꽃무릇

불갑사 객방
시 갈증 풀렸으니 진짜 자야지
날 새면
사천왕 소셋물 안 꽃무릇
천 번을 피었다 진 종소리 떠다 바쳐야지
눈썹 깜박여서
눈동자 속 수정체 법당 마당 쓸어야지
목탁 소리 탑돌이
간밤 해우소解憂所 길
동자승이 밟고 간
달무리 신발 테 걷어내야지

공옥진 꽃무릇

천장만 말갛게 쳐다보며 누워서
삼 년을 구만 년같이
집도 짓고 절도 짓고 웃음도 짓고 울음도 짓고 누워서
똥오줌 받아내는 기저귀 밑에
그제야 인간문화재 명인을 밀어 넣어도
눈깔사탕만 한 눈을 뒤룽거리더니
저승사자가 첫사랑 머슴 같았나
후딱 일어서 따라갔다
교촌리 공옥진 전수관 마당
맨발로 꽃무릇 짓이겨 밟고 갔다

송영送迎 꽃무릇

하늘은 강이어서
어디론가 흘러가고
산들은 섬이어서
어느 바다에 떠 있다
꽃무릇
잎과 꽃이 만나지 못한 날
첫눈이 온다

《꽃무릇》에 붙이는 말

송영宋榮 (소설가)

고향 후배인 장진기 시인이 새로 시집을 내면서 짤막한 글 한 편을 부탁했다. 처음 다소 주저되었다. 시의 독자는 될지언정 시를 평가할 입장이 아니기 때문이다. 그런 사례도 없다. 동료들 중에 시의 영역을 개척하는 경우도 더러 봤지만 나는 지금껏 시 한 편 써본 일이 없고 엄두조차 내지 않았다. 그러나 청년 시절 이후 국내외의 이런저런 시들을 즐겨 읽었고 때로는 암송할 정도로 매료된 시절이 있었으니 시와 아주 인연이 없었다고 할 수는 없다.

인터넷에 '아크로'라는 조그만 정치, 문화 사이트가 있다. 아마 한두 달에 한 편 정도 소개될 것이다. 지금은 뜸하지만 전에는 내게도 신간 시집들이 들어왔고 시 전문

계간지도 두어 가지 정기적으로 들어왔다. 그 시집들을 보면서 "요즘 현대인이 과연 몇 사람이나 현대의 젊은 시인들 작품을 읽어줄까?" 이런 의문이 들었다. 문학잡지도 말라가고 시와 소설도 말라가는 게 눈에 보인다. 정치 게시판은 그래도 찾는 사람이 하루 수백 수천이 된다.

"옳지, 여기에 시를 골라 소개하면 평소 시와 담쌓고 살던 생활인들도 신작 시 한 편을 눈여겨보게 될 것이고 댓글도 따라올 것이다."

나는 시를 선택하는 데 내 딴엔 아주 엄격하다. 내 예측은 맞아떨어졌다. 시에 따라 편차가 심한 편이지만 수백 명, 때로는 수천 명의 독자가 발생하고 수십 편의 댓글도 등장한다. 그 댓글들을 보면서 때로 감탄하는 경우가 있다. 자기들 감각에 맞는 시를 제시하면 일반 생활인들도 즉시 반응을 나타낸다는 것을 알았다.

이 신작 소개란에 장진기의 〈뼛국〉이란 길지 않은 시를 올렸는데 반응이 상상 이상으로 뜨거웠다. 작품 선정에 사사로운 관계를 개입하지 않는다는 점은 앞에서도 밝혔다. 이 작품은 형식과 내용에서 우선 나를 설득하고 매료시킨다. 아마 수천 명이 이 시를 읽었을 것이다. 좋은 음악 소품처럼 간결하고 이해가 쉬운 시였다. 내공이 쌓이지 않으면 사실은 이런 시 한 편 써내기가 어렵다고 나는 생각한다.

장진기는 보기 드문 다작의 시인이다. 가끔 통화를 하는데 시가 마치 샘물처럼 몸에서 흘러넘친다는 인상을 받는다. 부럽기도 하고 한편으로 스스로 자신을 단단히 경계해야 할 거라는 노파심도 생긴다. 그렇지만 지방에서 거의 혼자 나날을 지내면서 그처럼 풍성한 시심을 길러 낸다는 것은 흔한 일이 아니다. 그의 몸속에 찌들지 않은 새파란 소년이 살고 있다는 증표라고 생각한다.

　　이번 시집은 표제가 말해주듯 불갑산의 상사화가 재료이며 주제이다. 9월이면 해마다 지역에서 '상사화 축제'가 열린다고 한다. 십수 년 전의 일인데 나도 그 산언저리를 지나면서 들판을 덮고 있던 상사화의 무리를 본 적이 있다. 그 꽃그림들을 다시 찾아보니 마치 결혼을 앞둔 신부처럼 자태가 몹시 아리땁고 화사하다. 오래전 타이완 금문도에서 포인세티아의 군락지를 보면서 천국에 온 것 같은 황홀감을 느꼈던 기억이 새롭게 떠오른다. 9월에 불갑산에 가면 아마 그 비슷한 황홀감에 젖게 될 것 같다는 생각도 했다.

　　그러나 장진기의 '상사화 연작시'들은 그런 황홀감과는 거리가 멀다. 꽃이 만개한 상사화의 절정기보다 그것이 시들어버린 뒤 시간의 덧없음과 갈망의 편린들이 여기저기 쭈뼛쭈뼛 얼굴을 내민다.

　　〈꽃무릇 1〉에 등장하는 "지는 꽃도 피는 꽃처럼/ 사랑

하는가/ 나에게 묻는다"라든가, 〈꽃무릇 2〉의 끝에 나
오는 "가느다란 실에 매어 단/ 꽃이파리" 같은 연들이 화
사한 절정기의 허망을 말하고 있다.

그는 아직 독신이다. 여전히 어머니의 기억에 젖어 사
는 소년인 셈이다.

앞서 출간된 장진기 시들을 보면 그의 관심 방향은 아
주 다양하다. 그는 환경운동에 오래 몰두해 온 사람답게
지구촌의 생태환경이나 그것을 망가트리는 문명의 이기
에 대해 날카로운 비판을 하고 있고, 시대의 질곡에 대
해서도 시선을 거두지 않는다. 거기에는 소년 대신 두
눈을 부릅뜬 성인이 존재한다. 잘 만들어진 시를 보면
기지가 번뜩이고 말을 절제 있게 다루는 드문 솜씨도 지
닌 것을 알 수 있다. 이 소년과 성인이 장진기가 지닌
양면성이 아닐까.

장진기가 내게 식빵에 발라먹는 '파리똥 잼'을 손수 만
들어 보낸 적이 있다. 오랜 기간 식빵을 조반으로 삼았
는데 그 잼만큼 맛이 좋은 걸 먹어 본 적이 없다. 그 잼
을 보면서 어릴 때 파리똥 열매를 따 먹던 기억을 떠올렸
다. 다음에 다시 만들어도 그런 맛은 쉽지 않을 것이다.
그는 음식 만드는 데 특기가 있다. 그의 시가 그 잼만큼
'절묘한 맛'을 내는 시가 되기를 기대하고 아마도 조만간
그런 시가 탄생할 거라고 믿는다.

인터넷 사진에서 본 눈부시게 아름답고 화사한 상사화, 9월이면 불갑산 허리 일대는 천국으로 바뀔 것이다. 이 연작 시집에 담긴 시들은 그 절정의 순간이 주는 의미를 되새겨보는 데 분명 적지 않은 역할을 할 것이다.

내 얘기, 꽃무릇

1.

우여곡절이 있었다. 지난해 고향 인쇄소에서 잡기장 같은 작은 시집을 냈다. 〈눈길 상사화〉란 시집인데 오래전부터 써왔던 꽃무릇 시를 모은 것이다. 구월 불갑산 꽃무릇 축제 때 꽃 보러 오신 분들에게 몇백 권 사인해 나눠드렸다. 구겨서 포켓에 넣어도 무방할 초라한 그 시집이 놓인 길을 밟고 문단에 나갔다.

오래전에 꽃무릇이 불갑사 주변 개울이나 바위틈에 자생하여, 여름 볕이 고개를 숙일 때 십여 일간 바짝 피었다 지는 붉고 화사한 꽃을 좋아하게 되었다. 더욱이 불갑산 꽃무릇은 연실봉 오르는 길목, 바위와 동백 군락 아래 숲길 따라 피어서 숨이 멎을 것 같은 선경을 자아냈

다. 나는 꽃무릇 피는 계절의 여울 길목을 알기에 그때
쯤이면 불갑산을 찾았다. 피기 전에 가기도 하고 활짝
피었을 때 가기도 하였다. 꽃대가 꺾여 있을 때도 있었
다. 그러니 볼 때마다 감흥이 달랐다. 돌아오면 시를 썼
다. 한 해 한두 편씩 써진 꽃무릇 시는 이십 년을 넘게
이어졌다. 그렇게 모인 시집이다. 의외로 읽어 주시는
분들이 많았다.

　나는 인연이 짓궂었다. 사랑할 때마다 아픔이 왔다.
떠나거나 슬픔의 절벽에 맞닿았다. 그래서 꽃무릇을 좋
아하게 되었는지 모른다. 꽃무릇 필 때를 기다리면서 외
로운 세월의 매듭을 묶어갔다. 내 몸 안에 낭종과 같은
주머니가 생겼다. 애타는 마음도 담겼고 그리움도 담겼
다. 처절함, 울부짖음, 뜨거운 사랑, 그런 감정은 포낭
에 담겨졌다가 해마다 한 편의 시로 피었다. 피었다 지
고 피었다 졌다. 꽃무릇을 보고 오면 한 해를 살 수 있게
되었다. 그런 삶도 시간이 흐르니 무던해졌다. 그리울
것도 없고 기다릴 것도 없게 되었다. 오로지 꽃만 좋아
질 때 백 편쯤 써졌다.

　꽃에게 묻는다
　지는 것을 알고 피는지
　이맘때 너를 볼 수 있다는 기대로

몇 번을 다녀갔었던 것이
허망하다
꽃대만 남고
마르고 비틀어진 꽃잎들이
형형했던 붉은 빛을 잃었다
목마르게 말라가는 꽃무릇을 보면서
지는 꽃도 피는 꽃처럼
사랑하는가
나에게 묻는다

—〈꽃무릇 1〉전문

송영 소설가는 지난해 작고하셨다. 몸이 좋지 않아서 입원했었다. 문병도 가보지 못했는데 갑자기 돌아가셨다. 내가 쓴 꽃무릇 시가 좋다고 시집을 냈으면 좋겠다고 하셨다. 마땅한 출판사를 구하지 못했다. 고향 인쇄소에서 찍기로 하고 소평을 송영 선생이 써주셨다. 고향에 내려오시면 어린 시절 친구 집에 모여 담소를 나누고 저녁을 먹었다.

말씀을 구수하게 잘하시고 기억력이 탁월해서 금세 오륙십 년대 영광 풍경이 펼쳐졌다. 염산의 〈마테오네 집〉, 〈투계〉가 그려지고 잊힌 옛사람들이 기억의 먼지 창고에서 나오는 것이었다. 그는 한창때의 황태자 같은 품위와 선생님 같은 단정한 풍모를 잃어가고 있었다. 문인으로서는 특이하게 정치에도 관여했다. 북에도 여러 차례 다녀왔다.

〈꽃무릇 1〉은 그가 좋아하던 시다. 처연하게 아름다운 절정을 노래하지 않고 질 때를 껴안는 시심에 사무쳐하셨다. 나 또한 다른 인생을 살아버린 연인이 황혼에 찾아온다면, 지는 꽃도 피는 꽃처럼 사랑하는가 하고 꼭 나에게 물어보고 싶은 것이다. 그런데 선생은 갑작스럽게 가버렸다. 지방 인쇄소에서 찍은 소책자 시집은 고향의 사랑방에서 낭송회를 하자는 약속을 지키지 못하고 말았다.

그 뒤 일 년 동안 오십여 편의 꽃무릇 시를 완성시켰다. 그걸로 마무리하고 싶었다. 꽃무릇 시들은 우연히도 많은 사랑을 받았다. 어느 시인은 내가 쓴 글이 아니라고 했다. 미치지 않으면 쓸 수 없는 글, 귀신이 들리지 않으면 나올 수 없는 절창이라고 놀라워했다. 이십 년 동안 한두 편씩 왔던 시들이 작년 한 해 그보다 더 많이 쏟아져버렸다. 마치 상사화 꽃대처럼 하룻밤 사이에 불갑산을 덮어버리는 꽃처럼 올라왔다.

은사님이 다녀가셨다. 꽃무릇을 꼭 보고 싶다고 하셨다. 꽃무릇 축제가 끝난 뒤 꽃이 시들 때쯤 오셨다. 인파가 많으면 꽃보다 사람만 보인다고 조용할 때 찾으셨다. 윤사순 교수님이시다.

꽃을 보러 오셨다
꽃도 모르게 다녀가셨다
다음에 올 때는
기별을 하신다고 전하라 하셨다
그날을 기다려 펴주라고 하였는데
꽃하고 얘기는,
나는 통하지 않으니
지는 꽃눈에 맞춰 웃기만 했다
꽃무릇 무슨 말인가 하려다 말고
지들끼리 수런거렸다

　　　　　　—〈꽃무릇 44 — 눈맞춤〉 전문

다음 해도 오시겠다는 은사님 말씀을 적어 꽃무릇에
게 전해 줬다. 그 시가 〈꽃무릇 44 — 눈맞춤〉이다. 하
룻밤을 주무시고 바닷가를 여행했다. 학부 때 한 강좌를
수강했었다.

정종 선생님 학술 세미나에서 뵙게 되었는데 인사를
드리며 잡기장 시집을 건네 드렸다. 다음날 새벽 전화를
주시며 꾸밈없는 표현들이 좋다고 말씀하셨다. 엄밀히
말하면 시골에 묻혀 시를 쓰고 있는 제자가 안타까우셨
던 것이다.

조지훈 시인이 떠오르셨다니 나로서는 감당할 수 없
는 극찬이었다.

선생께서도 답시를 적어 주셨다.

천년 고찰의 경관 보러 갔다가
원효 이름 들었고, 그 인연으로
서라벌에 부처 전한 아도^{阿道}의 우물에도
간 적 있었지

백제에 불교 전한 인도 승려 마라난타
오늘 그와의 만남 또한
영광의 꽃무릇 찾던 길이니
삼보^{三寶} 가운데의 선물 치곤 너무 값지다

불갑사^{佛甲寺} 백제 으뜸 사찰
사원 둘러싼 둘레 길 산속 깊이로 구비 구비
군락 이루며 만개한
꽃무릇 무리, 눈부신 장관이다

너희도 부처님과의 인연으로 피어났더냐?

부처님, 누굴 그리 그리느라
상사^{想思} 소리 마다 않고
이리도 붉은 마음 널리 토하듯 펼치셨나!

자비의 본때
그게 본디
비단 바탕의 붉은 색깔이었던 모양 아닌지?
　　　　　　　　　　─ 윤사순, 〈불갑사 꽃무릇〉 전문

화엄華嚴을 보는 것 같다. 철학을 하시는 선생께서는 팔십 노구임에도 시심을 간직하고 계셨다. 나는 수십 편의 시를 쓰면서도 사람의 인연을 벗어나지 못하는데 선생께서는 한 편으로 부처와의 인연을 담고 있다. 논리와 이론의 사유만을 하시는 철학자로서 이만큼 감성을 지니고 계시다는 것은 천품이 시인이시다. 아니 정서와 사유를 통할統轄하고 계신 것이다.

험한 말 듣거들랑 구수재 타거라
궂은 일 당하거든 수도암 오르거라
어설피 슬프거든 참아 뒀다가
꽃무릇 필 때 묻어 울거라
　　　　　　　　　　—⟨수도암 꽃무릇⟩ 전문

이래야 되는데, 아무리 화나고 슬퍼도 묻어둬야 되는데, 나는 그러질 못한다. 그렇다고 이 시가 거짓으로 꾸민 글은 아니다. 내가 유별나게 어긋난 삶을 견뎌낸 것은 시를 썼기 때문이다. 꽃무릇을 기다리며 한 해를 버텼고 꽃무릇을 시로 쓰며 참았던 울음을 쏟지 않았던가.

김준태 시인께서는 이 시를 좋아하신다. "어설피 슬프거든 참아 뒀다가/ 꽃무릇 필 때 묻어 울거라" 이 구절은 아무나 쓸 수 없는 절창이라고 하신다. 되려 내가 그 말씀에 놀란다. 어떻게 써야겠다 의도하지도 않았고 고심

하며 고쳐 쓰지도 않았다. 떠오르는 대로 적었을 뿐이다. 짐작건대 꽃무릇에 몰입하여 오랫동안 써오면서 나도 모르게 얻어온 보물인 것이다. 평생 시를 안고 사시는 분들이 호평을 하여 주는데 어찌 기쁘지 않겠는가. 나도 모르게 이 시에 애착을 갖게 된다.

어찌 되었든 조운 시인의 연원淵源으로 시를 지켰다. 몇 해 전 잘려진 석류나무를 붙들고 아이처럼 펑펑 우시던 천승세 작가님을 지나칠 수 없다. 어떤 인연에선가 나도 엇비슷한 삶이 얽혀있다고 믿게 되었고 조운의 비극이 조운 생가를 떠나지 않고 이어지고 있다고 믿게 되는 것이다. 박화성 소설가께서 자주 들렀다는 생가의 달맞이 방은 천승세 선생의 품이나 다름없었다. 거동이 불편치 않으셨을 때는 조운 생가를 자주 찾으셨다. 내가 인연이 없으면 조운과 엮일 수 없다고 내 시는 누구도 건들 수 없는 신비한 지경이 있다고 하셨다. 믿는 것은 아니지만 그분의 문학적 절대 지위에 대해서는 의심을 하지 않는다.

꼭 만나리라 하여
불원천리不遠千里 달려갔지만
놀라서 그러셨는지
화가 나서 그러셨는지

불갑산 전일암 아래
바위째 굴러 깎여진 계곡 같은 양미간
낙엽 썩어 두엄 된 흙빛 그늘 무섭다
그 흙에 뿌리내린 꽃은
무척 붉어
좁혀진 눈빛은 산간 암자의 등촉이다
갈퀴 같은 손이라도 잡아드리고
볼에 숨은 미소라도 거둬서 간직하려 했으나
차마 보니 더 못 미더워
뒤돌아보지 않고 그냥 왔다
멀찍이서 바라보다
인연 넋 감긴 칡덩굴 잘라내었다
늦은 심야 고속버스 안
주마등走馬燈에 걸린 상사화 불빛
마침표 찍고 서 있는
전신주 하나 울고 있다
　　　　　　　　―〈불원 꽃무릇〉 전문

　선생의 시집 〈산당화山棠花〉 출판기념회를 다녀오며
차 안에서 적은 시다. "누구를 두고 쓴 시인 줄을 내가
안다. 너는 어찌 내 이름은 너의 시집에 담지 못하느냐.
우리의 시대가 가면 너희가 지켜야 하는데 너와 나의 인
연은 안개와 같구나." 참으로 애달픈 질책이다. 며칠 전
에 안부전화를 드렸는데 받지를 않으신다. 전화 들 힘도
없으신 것이다.

150

아비가 누군지 모르지만
어미는 아는 괭이갈매기 산란처럼
한꺼번에 까 놓은 새끼들
이름표를 달아주지 않았어도
물어온 먹이를 지 새끼에게 토해준다

갈미새 새끼 울음같이 한꺼번에 깨어난
불갑산 꽃무릇이 운다
목을 길게 내밀고 어미의 그리움을 기다린다
그리움은 찾아와도 더 그리워
그리움이 고프다고
꽃잎은 갈라져 하늘거리다 목이 꺾인다

그해가 그랬다
어미가 아이를 낳아 기르고
아비는 새끼의 이름도 모르고 살았다
어미가 물어다 준 먹이만 먹고
어미가 가르쳐 준 몸짓으로 갈매기가 섬을 떠났다

꽃무릇이 어미가 먹여주는 그리움만 먹고
아비의 이별과 만남은 먹어보지 않았다
잎과 꽃이 그리워하다
서로 엇갈려 피었다
그 아비는 눈길을 걷는다
겨울바람에 덮여도 푸르기만 한 상사초 바윗길
눈보라처럼 간다

— 〈꽃무릇 37 — 눈보라〉 전문

조운의 자식들, 아이의 이름을 부른다. 하동처럼 일생을 그리워할 아비가 되어, 아니 조운이 되어 아이를 부른다. 수천수만 꽃 중 어느 그늘에 피려고 몸져누워 있다. 이별은 아프다. 좋은 시집을 내서 보여드리고 싶다.

나를 시인으로 키워 주신 고향의 선배 작가들이 모두 떠나신다. 불갑산 꽃무릇으로 붉게 사셨다. 정종 선생께서 내 첫 시집 발문은 선생께서 꼭 써주신다고 하셨는데 못 쓰시고 가셨다. 송영 소설가께서는 시평을 써주시고 고향에서 시를 나누자고 하셨다가 오시지 못했다. 그분들은 참 말씀을 잘하셨다. 나는 어눌하기 짝이 없는데 벗이 없어서이기도 하다. 꽃무릇으로 그분들을 모셔 와서 눈빛으로 대화를 나눈다. 꽃과의 대화는 달변이다.

이제 놓으마
가거라 낙조야
품 안에 살던 바닷새야
나는 흔들리는 듯하나 무심하고
너는 흔들리지 않으나 울고 있다
배 위에 집어등 밝지만
포구는 잠이 들고
물에 뜬 꽃무릇 그림자
밤새 흔들린다
　　　　　　　　　—〈꽃무릇 8〉 전문

놓을 수밖에 없다. 놓지 않으면 떠난 이들이 울기 때문이다. 많이 사랑했던 사람이 있었다. 지금은 그를 잊어버리고 무심해졌다. 가끔 인터넷에 사진이 떠돈다. 그대는 누구를 잊지 않아 세월이 흘러도 그대로인가. 허나 나는 밤새 잠을 이루지 못하는 일이 없다. 시를 쓸 때만 다르다. 옛사랑도 꽃무릇으로 와버렸다. 놓아버렸다. 꽃으로 핀다.

불갑산 꽃무릇!

2.

공옥진은 내 시에 자주 등장한다. 꽃무릇 시에 그가 빠질 수 없다. 여사의 마지막 창무극을 찾아갔다. 불갑산 꽃무릇 축제 때다. 여사는 남도 판소리 공대일의 딸로 7세부터 아버지에게서 창을 익혔다. 걸식 생활도 하고 여러 극단을 떠돌다 영광에 정착 생활을 하였다. 영광 장터에서 곱사춤을 추는 것이 전통무용가 정병호 씨의 눈에 띄어 안국동 '공간 사랑'에서 공연을 했다. 늦은 연세에 세상에 나갔다.

사람 길에 사는 갈대는
사람 짓을 한다

남도 땅 갈대
바람 따라 눕지 않고
바람을 내젓는다
눈알 뒤룩거리며
소매 단 걷어붙이고
요짝조짝 마른바닥 내리치며
춤을 춘다
지난 시한 몸을 부린
옥진이 춤을
갈대가 추는데
가는 바람 오는 바람
줄을 서서 휘청거린다
뉘엿뉘엿 지는 언덕 아래에서
소가 웃고
참새 떼가 멈칫거리다가 뒤돌아 쏟아진다
하늘은 갈대 길 따라가는가
하늘 천 밑자락이 노랗다
노란 하늘 길 따라가며
곱사춤을 춘다
허리 말아 올리고
바지춤 올리고,
　　　　—《사금파리 빛 눈 입자》, 〈갈대 곱사춤〉 전문

　　동네 마을굿과 장터 굿판과 상여굿 등에서 공 여사를
보며 자랐다. 우리들 놀이 중에 병신춤 놀이가 있었다.
내가 잘 추던 춤은 곰배팔이춤이었는데 공옥진 춤으로

엉덩이 빠진 곱사춤이었던 것 같다. 격동기를 지나며 신체장애인들이 부지기수였다. 병신은 민중의 삶 자체였다. 총상을 입은 이, 몰매를 당한 이, 노동 후유장애, 중풍, 만성 질환, 선천성 기형, 소아마비 등 불구는 당시의 생활상이었다. 동란 전후 좌우 대립으로 사만 명이 죽어간 땅에서 공옥진은 비애의 춤을 추다가 불갑산의 붉은 꽃무릇 속으로 들어가 버렸다.

내 시는 민중적이면 다행이고 늦게라도 알려졌던 창무극 춤사위라면 만족이다.

그해에,
새들이 꽃무릇 물고 울었지
기다리는 이는 기별 없고
석양이 뉘엿뉘엿 진 뒤
밤손님처럼 따라 든 눈발이 버짐처럼 피었지
낮에 울지 않던 솟대 새들이 일제히 울었지
그 소리가 입담 좋은 공옥진 음담 같았고
때론 간간이 봉창 틈으로 들려오는 서편제 째진 가락 같았지
울고 싶었어
대살 토방에 앉은뱅이 도리상 차려놓고
탁주를 따르는디
취기는 오르지 않고 붉기만 하데, 저 달 속
나무 새들 날아갔는지
동리 밖까지 휭허드라고

가을 한 구녁이 터져서 금세 추워질 터인데
날지 못하는 나무 새를 깎고 있더랑게
오, 내 고쟁이에 감추는 시여,
고린내 나는 삶이여
                              —〈꽃무릇 19〉 전문

  몸종으로 걸인으로 떠돌이로 살면서 해학과 익살로
풀어내버린 공옥진의 창무극처럼 내 시들도 세상을 조롱
하고 풍자하는 자존이 있는가. 짐꾼으로 홀아비로 장애
동생 품고 늙어가는 전설을 나무 새로 깎는다. 솟대 새
들이 밤하늘을 날아간다. 언제쯤 그런 시를 쓸까. 어찌
보면 공옥진은 내 시 안에 굿판을 열고 걸담진 1인 창무
를 하는 동무이고 스승이었다.

  설영은 지독히 시를 사랑하는 향토 문인이었다. 바둑
과 장기를 잘 두었는데 출향한 지역 문사들이 고향을 찾
게 한 장본인이다. 무슨 행사였을 것인데 ‘삼화 여관’에
서 송영 소설가와 1박 2일로 바둑을 두었다. 두 분이 골
초인지라 불난 집처럼 방 안이 연기로 자욱했다. 송영
선생은 서울 기원에서 익힌 프로 기사 뺨치는 유단자고
설영은 타고난 묘수꾼으로 논두렁 기사였다. 촌에서는
누를 자가 없었다. 그의 시가 그렇다. 소박하기가 이를
데가 없었다. 그의 시는 장고에 장고를 거듭하는 바둑판

시다. 그는 시 때문에 죽었다. 시 한 편 짓는 데 담배 두 갑은 태웠을 것이다. 내 꽃무릇 시 중에서 그가 좋다는 시가 이것이었다. 아마 이 시 속에 그가 추구하는 작품세계가 담겨 있다. 그의 담박한 풍모를 알 수 있겠다.

상사화를 보러 갔는데
꽃대가 싸그리 목이 꺾여 져버렸어
어이가 없어서
산 밑 암자 터 삭은 팻말 짚고
찬 석축에 망연히 앉아 있다 돌아온
이후,
시 한 편 못 쓰고
가을을 넘겼어
그렇게 몹쓸 가을을 보내기는
처음이었어
　　　　　　　　　—〈암자 터 꽃무릇〉 전문

정설영 시인과는 애증이 깊다. 반핵하면서 부딪히기도 했고 문협과 작가회의 지부에서 갈등했다. 청년 때 잡상인을 하며 시인들이 자주 찾는 명동 음악 다실에서 김규동 시인과 친교를 맺고 평생 그분을 존경했다. 지역에서는 《창》을 쓴 초정 조의현 시인을 모시고 조운 시인을 사모하며 지역 문학을 지켰다. 시집 《칡》을 내고 지역에서는 최초로 시화전을 가졌는데 〈하얀 다실〉이란 시골 찻집에서의 정겨운 그림이 상상되고 남는다. 그가 살았더라면 수 편의 꽃무릇 시를 썼을 거라 믿는다. 누구 못지않은 고향 시인이기 때문이다.

그가 죽게 생겨 지역 문인 몇이서 천승세 선생과 시골 집에 문병을 갔었다. 꿀 한 단지를 천승세 선생께 내밀며 고샅까지 따라나서면서 배웅하던 모습이 선하다. "그 꼴이 무엇이냐. 꿀을 니가 먹어야지" 하시며 거절해도 극구 내미셨다. 십여 년이 훌쩍 지났다. 정설영 시인의 꽃무릇도 찾아본다. 내 꽃무릇 시집은 설영 시인이 좋아할 것 같다.

고향 시인들에게 미안하다. 나만 외로워하였다. 꽃무릇을 훔쳤다. 여기까지만 꽃무릇을 꺾겠다. 다른 곳으로 옮겨간다. 나의 큰 은사이신 정종 선생은 다음 책을 내면서 적어 드리기로 한다. 오세영 시인도 격려와 위로를 주신다. 내 창작을 귀하게 여겨 주시는 윤정모 작가님께도 감사를 드린다. 오로지 시와 고향의 끈으로 묶여 지낸 남궁경 시인, 오영덕 시인께도 감사하다. 고향의 뜨거운 사랑, 백 편 꽃무릇 시로 대신한다.

나남시선